Hiltrud Wedde

Potsdamer Impressionen

Weber

Impressum

© Hiltrud Wedde, Kai Weber 2002
Repros Seiten 41 und 69: Ivonne Sander

Hier war's – Potsdamer Impressionen

Verlag Kai Weber
Hebbelstraße 39
14469 Potsdam
Tel.   0331/200 87 22
Fax   0331/200 87 24
mail: info@weber-medien.de

Herstellung: Books on Demand GmbH, Norderstedt

ISBN: 3-936130-08-6

Viele dieser Gedichte sind zornige oder traurige Reaktionen auf Ereignisse vor und nach der Wende gewesen. Ich danke all denen, die mir geholfen haben, mich jetzt davon zu befreien und damit meine Erinnerungen zu objektivieren.

Mein besonderer Dank geht an Harald und Torsten.

H. Wedde

Inhalt

Naus aus dem Staat! Nix als naus! Naus aus dem Haus!
Naus aus der Stadt! Naus aus dem Staat! Nix als naus!

DDR-Vergangenheit

Betriebsfest der Funktionäre

Fette Männer bestellen sich Schnaps,
die feisten Gesichter glänzen,
der Schnaps ist vom feinsten,
der Grips ist vom kleinsten,
für die da gibt's keine Grenzen.

Die Gattin, die sitzt und trinkt den Kaffee,
die Torte ist fett, der Bauch der tut weh im engen Korsett.
Sie löffelt die Sahne und starrt ins Leere
und denkt, wie schön jetzt ein jüngerer Mann wäre,
der ihrige säuft nur und sagt nichts dabei,
nur manchmal die übliche Schweinerei, der Witz den sie kennt,
ach kommt denn hier keiner, der Liebling sie nennt,
wie neulich im Fernsehn der – wie hieß der doch gleich?

Sie erhebt sich und geht
entschlossen zur Tür, an der DAMEN dransteht.
Vielleicht trifft sie dort eine Dame, die spricht,
ihr Gatte, das weiß sie, der tut's leider nicht.

FÜR EINEN
SICHEREN
FRIEDEN
GEGEN
NATO-
HOCHRÜSTUNG

Maidemonstration

Drängende Menschenmassen
Flatternde Wink-Elemente
Brüllende Lautsprecherstimmen
Verlogene Monotonie

> KAMPF GEGEN KRIEGSBRANDSTIFTER
> VORWÄRTS ZU NEUEN ERFOLGEN
> UNVERBRÜCHLICHE FREUNDSCHAFT
> SIEGREICHE SOWJETUNION

Die Greise auf der Tribüne
denken ans Festgelage
an die Beute der morgigen Treibjagd.

Die Kampfgefährten von einst
haben den Kampf vergessen.

Ordensverleihung

Man eilt geschäftig hin und her
den Festakt zu arrangieren.
Die Blumen, sie wurden importiert,
man will sich doch nicht blamieren.
Die Ordenskästchen liegen bereit,
desgleichen die roten Mappen,
alphabetisch geordnet, in Reih und Glied
und obendrauf prangt das Wappen –
Der **HAMMER** er steht für einiges mehr,
ihr wisst schon, wie ich das meine,
die **FAHNE** hat längst ihren Sinn verlor'n,
die **SICHEL**, es kennt sie fast keiner.
Ein Mikrochip aber ist leider zu klein,
er kann nicht die Sichel ersetzen,
doch klein ist hier alles,
trotz Zeremoniell, trotz Frack auf den vorderen Plätzen.
Nicht alles, ach nein – die Orden sind groß,
und mancher hier kann sie kaum tragen,
doch die, die sie geben, verleihen sie bloß,
nach dem Sinn darf sie keiner befragen

Versammlung

Der Name sagt nichts
es ist keine Sammlung in ihnen
Worte sind Wind in hohlen Bäumen
gefangen im trockenen Wirrwarr von totem Geäst

So wie der Wind sind auch sie
gefangen im Kreisrund der leeren Gedanken
die ewigen Floskeln –
hier und heute – lasst uns – sind wir doch –
vorwärts gerichtet – und schöpferisch –
dies findet nicht den Weg in schläfrige Köpfe
auch wenn Pathos ihm Gewicht geben will

Warum –
warum hören wir leblos zu?
Es dauert nicht lang
und wir sind selber trocknes Geäst

Aktuelle Kamera – Der Mann mit dem Helm

Wir schalten jetzt um,
Sie sind mitten drin
in der Halle der Aktivisten
und hier ist ja schon unser Brigadier
mit den vorbereiteten Listen.

Herr Haubold, die Norm wurde übererfüllt?
Jawoll, das kann man so sagen.
Und um wieviel Prozent liegt das über dem Plan?
Na ja, da muss ich erst fragen.

Herr Haubold, nun erklären Sie unseren Zuschauern mal,
wie das läuft in Ihrer Brigade.
Ja also, von Zahlen versteh ich nicht viel,
die rücken die oben schon grade
und dann – wir sind ja ne Menge Leute,
und wenn mal wer blau macht, dann fällt's nicht so auf ---
ganz recht, Herr Haubold, das wär's für heute,
unser Kamera-Team hat den Film jetzt drauf.

Wir wollen nun wirklich nicht länger verweilen,
denn wir und die Zuschauer wissen genau,
dass Sie und ihr fleißiges Kollektiv
zu immer neuen Erfolgen eilen.

Regie, das war unser Mann vom Bau.

Das vornehme Haus

Man sagt, es sah bessere Tage.
Waren sie wirklich besser?
Gewiss für das Haus,
aber auch für die Menschen darinnen?

Die, die sich mit Pracht umgaben
waren oft kleinliche Leute,
sie hielten sich häufig ein Mädchen,
das verrichtete niedere Arbeit,
und es wohnte in einer Kammer,
die kalt war und ohne Schmuck.

Die Kinder in diesem Hause
wagten es nicht zu toben
über gebohnerte Treppen
und auf dem Hortensienhof.
Ein weißes Schild aus Emaille
unten im kühlen Hausflur
hielt die Hausierer fern.

Das Haus mit den Spiegeln im Eingang
und mit den geschnitzten Türen
war stolz auf die vornehme Lage
und auf die Steinfiguren,
die seine Balkone flankierten.

Die Pracht ist dahingegangen,
der Putz von der Hauswand gefallen,
das Messing der Türklinken blind.
Die Leute, die jetzt hier wohnen,
hasten frühmorgens zum Auto
und beklagen ihr eiliges Leben.
Das Haus ist zum Schlafplatz verkommen.
Wer schläft, sieht nicht den Verfall.

Liebet eure Feinde

Liebet eure Feinde
Segnet die euch fluchen
Wie kann ich die denn lieben
Die Mord an mir versuchen?

Mein Körper ist zwar unversehrt
Und aufrecht noch mein Gang
Doch innen bin ich schon ganz hohl
Das Lügen macht mich krank.

Hinterhof

Gelbgraue Pfützen
ein einsamer Stuhl
qualmender Müll
und ein Autowrack
der Putz an der Hauswand zögert herab zu fallen

Bei Nacht ist zu hören was der Tag nicht verriet
grölende Stimmen
ein lärmendes Radio
rülpsendes Lachen
und Hundegekläff

Die Nachbarn begießen ihr lebloses Leben

WENDEZEITEN

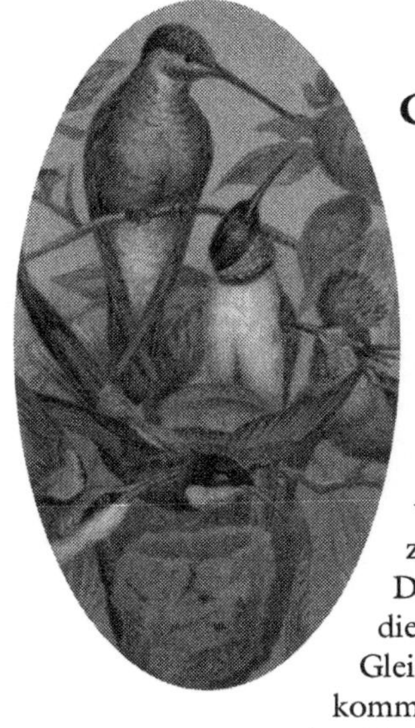

Gleichnis

Ich kann es dreh'n und wenden wie
ich will,
  ganz viele Vögel sind auf einmal
still.
  Sie konnten früher doch so schöne
Lieder singen,
  ist nun der Hals zu kurz, um ihn
von links nach geradeaus zu
zwingen?
Die großen Vögel lernten's schon,
die Richtung nur bestimmt den Ton.
Gleichwohl – der Stimme Wohllaut
kommt auf graden Wegen,
das Schweigen, wie der schrille Ton,
sind Abwehr, Angst und Krampf hingegen.

Recht-Fertigung

Ich tat doch schließlich meine Pflicht,
zum Märtyrer taugte ich wirklich nicht
denn hätte ich damals nein gesagt
zu Dingen die nicht rechtens war'n,
wie wäre man dann mit mir verfahr'n?
Der Posten weg, die Auslandsreise, die Dienstfahrt in das NSW,
der Studienplatz für unsren Sohn,
das Sonderkontingent für unsern neuen PKW.

Nein wirklich, versteh'n Sie nicht, was ich meine?
Man tut mir unrecht, wenn man mir misstraut,
es ging doch letztlich um die eigne Haut.
Natürlich war ich ab und zu dagegen.
Wogegen? Nun beispielsweise gegen GLASNOST in der DDR,
Sie sehen doch, wohin es Gorbatschow gebracht hat...
Pardon, Sie haben recht, dies Argument liegt etwas quer.
Trotzdem, ich bin ganz stolz, ein Querdenker zu sein,
das zeigt Format, ich bin flexibel,
es fällt mir leicht ein Beispiel meiner Wandlungsstärke ein.

Und was war vorher, fragen Sie?
Nun ja, ob Leitungsposten ob Parteivorstand,
ich war für festen Klassenstandpunkt wohl bekannt,
jedoch, Sie werden es nicht glauben, aber es ist wahr –
ich übte stets auch konstruktiv Kritik,
doch nur wenn's wirklich nicht gefährlich für mich war.

So glaubten mir die einen meine Treue,
die andern lobten meinen Mut,
und keiner kannte die verborgne Seite,
doch die bezahlte meine Dienste gut.
Ich tat auch da nur meine Pflicht,
verraten habe ich Kollegen wirklich nicht,
natürlich musste ich Berichte schreiben,
besonders wenn's um Klassenfeinde ging,
doch konnte ich nur so die mir gemäße Politik betreiben,
mein Image pflegen, an dem so vieles andre hing.

Was sagen Sie? Ich sei ein schäbiger Opportunist gewesen?
Das müssten Sie mir aber erst beweisen,
in meiner Akte kann man nichts mehr lesen,
was ich gewesen bin, ist nicht bewiesen,
für mich ist die Vergangenheit vorbei,
die Gegenwart braucht kompetente Leute,
was soll denn da missgünstiges Geschrei
nach Fairness und nach Sauberkeit,
ich bin wie immer mit mir selbst im reinen,
also wozu denn solche Gerechtigkeitsbesessenheit?

So, so, Sie sagen, Sie sind ganz und gar dagegen,
Sie wollen Transparenz und Offenheit,
gewiss, gewiss, das wollen wir doch alle,
ich verstehe gar nicht Ihre kleinliche Betroffenheit,
wie kann man denn nur gegen Fortschritt sein ?
Mein Weg nach oben ist schon wieder eben,
und ich bin sicher, ich bin nicht allein.
Und – falls Sie mir ins Lenkrad greifen –
Gerichtsurteile müssen reifen,
es gibt genug von meiner Sorte,
drum sparen Sie sich weitere Worte.

Sie begreifen es offenbar viel zu spät –
Erfolg hat nur der, der die Zeit versteht.

Akademia

Ihr dürft nichts sagen
Sucht Ihr wirklich die Wahrheit?
Ihr findet sie nicht

Ihr dürft nichts sagen
Wir hier kennen nur Unschuld
Die Wahrheit ist tot

PÄDAGOGISCHE HOCHSCHULE KARL LIEBKNECHT

Planeten

Seht ihr sie geschäftig kreisen
um den machtbewussten Mann?
Sie sind nicht leicht zurückzuweisen,
man duckt sich und bleibt dran.

Man spricht verbindlich, nicht zu laut,
es könnte einem schaden
denn mancher hatte früher wohl
doch Schuld auf sich geladen.

Der Mann, er ist Gestirn der Macht,
im Osten aufgegangen,
und die Planeten sind gleich ihm
auf alter Bahn gefangen.

Doch westwärts drängt man sich im Flug,
bereit den Kurs zu wenden,
denn neue Sonnen gibt's genug,
der Glanz er soll nicht enden.

Täteropfer

Sie haben es niemals getan,
wo wären denn die Beweise?

Sie erinnern sich nicht genau,
gab es denn wirklich Berichte?

Wenn es sie wirklich gab,
sie schadeten sicher niemand.

Nun gut, es hat sie gegeben,
Berichte, die längst vergessen.

Sie waren sogar sehr kritisch
und wurden zurechtgewiesen.

Sie konnten manchem auch helfen
und ihn vor Schaden bewahren.

Sie sagten, sie mussten es tun,
der Beruf, die Familie, versteh'n Sie?

Sie taugten nicht zum Märtyrer,
wer hätte denn sie verteidigt?

Herr vergib ihnen nicht,
sie wussten sehr wohl, was sie taten.

Amtshilfe

Herr Müller-Schmidthusen aus Nordrhein-Westfalen
mit Sendungsbewusstsein und Sachverstand,
beschließt seinen Arbeitsplatz zu verändern,
er wird sich bewerben im Märkischen Land.

Es will ihm daheim nicht so richtig gelingen –
es fehlt an Erfahrung und einigem mehr –
mal etliche Stufen höher zu springen,
doch das ist im Osten nun wirklich nicht schwer.

Der gehobene Dienst soll höher noch werden
und dies wird als Amtshilfe schamhaft verbrämt.
Ein Amt ist es sicher, doch ist es auch Hilfe?
Sein wahres Motiv lässt er unerwähnt.

Er wird mit gemischten Gefühlen empfangen,
Herr Müller-Schmidthusen bemerkt es kaum,
doch die märkischen Brüder sehen's mit Bangen,
für sie bleibt der sichere Posten ein Traum.

Die smarten Beamten mit weißen Kragen
und mit dem blendenden Lebenslauf
haben nun bald überall das Sagen,
auch in den Behörden ist Ausverkauf.

Klischees

Solariumgesicht
Gepflegte Figur

Nadelstreifen
Gestylte Frisur

Nappaleder
Reine Seide

Schnelles Auto
Teures Armband

Doppelname
Toller Titel

Alles reizende Menschen

Mini Saga

Missionary man
he comes marching into jungle
says he wants to help the natives
thinks of ever-lasting fame

natives stupid
natives no want see the light
missionary man frustrated
cannot harvest fruit of spirit
builds himself a house in jungle
has good harvests all the same

Mini Saga

Missionar kommt in den Dschungel
sagt er will den Wilden helfen
denkt dabei an seinen Ruhm

Wilde dämlich
wollen nicht erleuchtet werden
Missionar frustriert
kann nicht Früchte der Erleuchtung ernten
baut sich eignes Haus im Dschungel
erntet dennoch gar nicht schlecht

Gaius

Nesthockerklage

Keiner kennt mein Nest wie ich,
jetzt soll ich es verlassen?
Das kann ich nicht, das darf nicht sein,
das will mir gar nicht passen.

Ich war bekannt, mein Ruf war laut,
der Neider gab's genug,
ich hatt' ein weiches Nest gebaut
und sicher war mein Flug.

Ich flog nicht hoch, doch kam ich weit
trotz meiner schwachen Schwingen,
was ich auch tat, war wohl bedacht,
es konnte nichts misslingen.

Zuweilen flog ich sicher fehl,
doch stürzen konnt' ich nicht,
es saß manch Freund im Unterholz
und das Gestrüpp war dicht.

Das Dickicht ist nun dünn geworden,
man wird das Faulholz lichten,
was soll ich tun, was wird aus mir?
Man will mein Nest vernichten.

Die Freunde halten sich versteckt,
die Feinde sind geblieben,
und neue Nester, wohl bedeckt,
bedrohen meinen Frieden.

Hauswandgraffiti

Haut die Glatzen bis sie platzen
Michael ich liebe dich
Alle Wichser in den Mixer
Jana geht schon auf den Strich

ACDC Dire Straits
Safer Sex sonst kriegst du Aids
Russen raus die D-Mark rein
Steuerzahler jetzt packt ein

Alle Ossis in den Keller
Wessis sind ja doch viel schneller
Leute denkt an unsern Wald
Sonst wird keiner von uns alt

Faschos killen Skinheads grillen
Geld und Geld gesellt sich gern
Stasiopfer Stasitäter jeder ist hier ein Verräter
Keiner sieht den wahren Kern

Zur Erinnerung

Heil der Erinnrung und der Wehmuts-
                              Zeit!
Mag, wann, was dich seit der Kindheit
                              Zeiten
Ergötzte, freundlich treu dir aufbringst,
Und diese zarte Bild der Jugendzeit
Und alles Leid aus deinem Herzen
                              bannen!
Charlottenhof   Zum Gedenken von Ihrem
9/10 December   Freunde H. B. Wiedemann
      1857.

Im Vergessen ist kein Heil.
Heilen wird nur,
was sich nicht dem offenen Blick entzieht.

VERGÄNGLICHES

Potsdam, erreicht man auf der Berlin-Potsdamer Eisenbahn in 40 bis 45 Min. Diese zweite Residenz des Königs von Preußen hat über 40,000 Einw., ist regelmäßig gebaut und hat reizende Umgebungen. — Merkwürdige Gebäude: Das Königliche Schloß am Lustgarten. Die Garnisonkirche mit marmorner Kanzel, unter welcher ein Gewölbe, worin die Särge Friedrich Wilhelm I. und Friedrich II. stehen. Die Nikolai-Kirche; das Rathhaus; die französische; die Heilige-Geist-; die katholische Kirche; das Cadettenhaus; das Casino; die Hauptwache; das Exercierhaus; die Gewehrfabrik; die Husaren-Caserne; das Militair-Waisenhaus; das Schauspielhaus; der kgl. Stall; das Dampfmaschinengebäude; die Dampfmühle und die in den kgl. Gärten gelegenen Schlösser: Sans-Souci, Neue Palais, Charlottenhof, Marmor-Palais, das Schloß des Prinzen Carl in Glinicke, das Schloß des Prinzen von Preußen auf dem Babelsberge, die griechische Kapelle, die Kirche in Nikolskoe und die neue Friedenskirche bei Sans-Souci. In der Umgegend: der Babelsberg, Glinicke, die Pfaueninsel und andere interessante Parthien.

32ᵃ. Von Berlin nach Ansbach.		
Beelitz	. . . . .	2¾
Treuenbrietzen	. . . .	2¼
Kropstädt	. . . . .	2¼
Bis Meilen	Wittenberg	1¾
Zehlendorf 2	Gräfenhainchen	3
Potsdam 2	Bitterfeld	2¼

Zeit in Sanssouci

Die alten Kastanienbäume,
preußisch gereiht zur Allee,
geben Schatten der Hofequipage,
lustwandelnden Damen,
dem Kavalier mit der Puderperücke.
Man schreitet plaudernd
zur Marmorbank an der Fontäne,
kraftlos plätschert Wasser in der Mitte des Teiches,
erhebt sich nur kurz zum gebündelten Strahl,
so wie das Geschwätz der eleganten Gesellschaft,
die rastlos bemüht ist um ihr Plaisier.

Nur hin und wieder
tönt der hohe Entzückensschrei einer Dame,
stört das spitze Gekläff eines Schoßhunds,
man beschließt ein wenig weiter zu wandeln,
Fächer und Tüchlein senden erotische Botschaft,
die Damen und Herren ergeh'n sich in höfischer Langeweile.

Plötzlich und mitten unter ihnen
Ein wohlgeordneter Zug von Sowjetsoldaten,
Geruch von billigem Tuch und von Stiefelschmiere
dringt in gepuderte Nasen.
Der Zeitsprung lässt die Gesellschaft zerstieben,
die Münder offen zu lautlosem Kreischen,
Gewänder verblassen,
Konturen verschwinden
im Gewimmel von lärmenden Reisegruppen:
Meine Damen und Herren,
unser Rundgang ist hiermit beendet.

Altersheim

Man sieht sie selten zu zweit
obwohl sie ein Zimmer teilen
dies hier ist nur Behausung
hinter Mauern aus roten Ziegeln
gleich neben dem Hause Gottes
das ebenso kalt ist und stumm
Wärme und herzliches Lachen
haben sie lange vergessen
es bleibt ihnen nur zu warten
auf das Fernsehprogramm am Abend
und auf ein einsames Ende

Ehepaar am Chinesischen Teehaus

Kiek ma, wie se dett vajoldet ham,
ob wa ma n bißken schrapen?
Unn da – die Olle mit de Teekanne,
de Finger hält se janz jenau wie Tante Elli,
wenn die bei ihrn Jeburtstach imma fein tut.

Nee, komma hiaher, Heinz, wat sachste dazu,
die ham ja früher schon mit Löffel umjerührt,
ick dachte imma die Chinesn nehm bloß Stäbchen.
Ick würde jern ma wissen, warum se bis nach China mußtn jehn.

Unn übahaupt, dieset Jetue mit’n Ausland,
dett Drachenhaus, Oranscherie, Moschee –
Nu kiek dia dett ma an, der Schwarze drühm betatscht mit seine
dreckjen Finger
den Zopp von den Chinesn da,
ick weeß nich, manchmal jloob ick,
dett wa Deutschland jlatt vajessn könn, watt meenste?

Erlöserkirche

Filigraner Wetterhahn
Wasserspeier grün bemoost
Falke hockt auf Kirchturmspitze
Mauersegler schwarze Pfeile
kreisen um den grauen Schiefer
Glocken rufen niemand hört sie
außer einer alten Frau
die Katzen füttert an der Bank am Kirchplatz

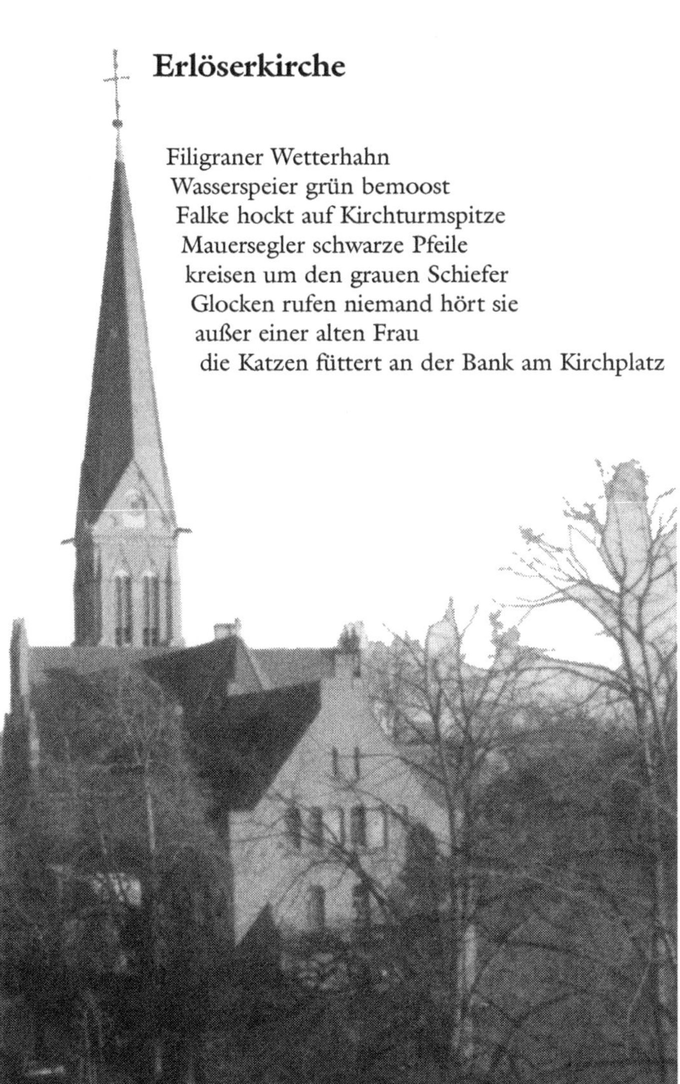

Da oben

Seltsam
Im Keller sind immer
die nützlichen Dinge,
die Kohlen, das Brennholz,
der Kasten Bier

und unterm Dach
muss die Fledermaus
ihre lautlosen Bogen fliegen
um knarrende Schränke, um Truhen
und alte Wäscheleinen.

Da oben ist viel,
was schon längst vergessen,
nur manchmal
hebt eiliges Suchen
Unerwünschtes ins Licht.

Verhüllende Spinnweben reißen
und Staub tanzt im grauen Geflimmer,
schnell wird wieder ins Dunkle geschoben,
was im Hellen keinesfalls angenehm.

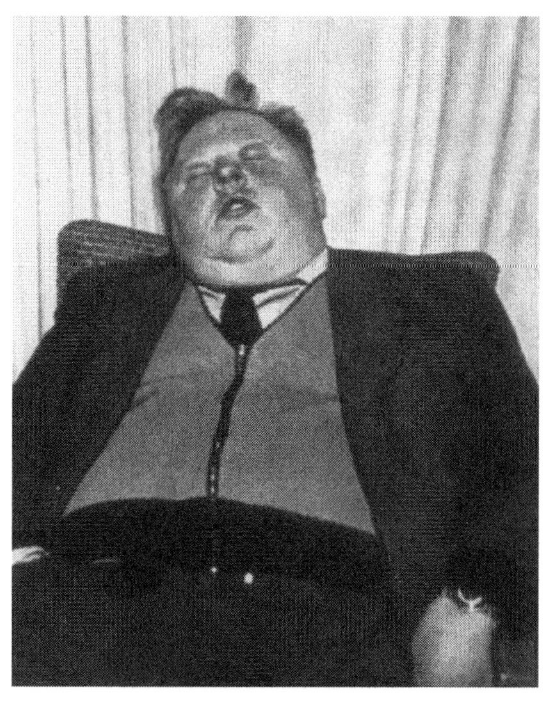

Sylvesterprogramm

Bloße Brüste wackeln über bunten Röcken
Konfetti wirbelt wild um blanke Glatzen
Ringgeschmückte Hände klatschen flachen Beifall
Dicke Männer schwitzen schwülen Schweiß

Trübe Augen starren auf bezahlten Trubel

das Bier macht müde

Bockwurst und Salat blähen satte Bäuche

der Kopf wird schwer

und fällt zurück auf Tante Emmis Kissen

Der Mund klappt auf

Das Kinn sackt runter

So ähnlich ist bestimmt der Tod

Das Dorf

Geruch von Heu und sanftes Schnauben
und Spatzen – Spatzen überall
das alles ist schon längst vergangen
ein Auto steht im Pferdestall
die alte Scheune ist verfallen
aus brauner Lehmwand sperrt das Stroh
getrocknet sind die Bretter an der Jauchegrube
und niemand geht mehr auf das alte Klo
der Garten an der Gänsewiese
mit Schnittlauch und mit Akelei
ist aufgewühlt von Baugerät
die Zeit der Schwalben ist vorbei

Der Marktmann an der Ecke

Sein Vater hat schon hier gestanden,
der hatte noch Kohl und Zitronenmelisse
und er kannte die Namen der Kunden
genauso wie die seiner Kräuter.

Jetzt kaufen wir Kiwi und Broccoli,
fragen manchmal vergeblich nach Majoran,
der junge Mann lächelt verbindlich
und flink addiert er die Preise,
ganz anders als früher sein Vater,
der hat sie langsam und mürrisch
auf Zeitungsränder gekritzelt.
Aber irgendwo in den Kisten
auf seinem klapprigen Auto
lagen auch Kümmel und Bohnenkraut.

Allee bei Nacht

Kahle Riesen
zeigen grimmig hoch zum Himmel
recken sich in stummer Klage
Krallen sind gespreizt im Zorn

Greise Männer
aufrecht und mit hohlen Wangen
alte Frauen
tief gebückt
mit Warzen an den dicken Bäuchen
junge Mädchen
schwingen langes Haar

Schnelles Licht bringt kurzes Leben
Dann kommt wieder dunkler Tod zum Schein

Begraben

Sie hat uns für immer verlassen
Meine inniggeliebte Frau

Gott hat ihn zu sich genommen
Den treuen Vater und Gatten

Marmorne Lüge
begraben war alles
schon lange vor dem Begräbnis

Fröhlich.
169. Das Fräulein hoch!

1. Füllt noch ein=mal die Glä=ser voll und sto=ßet herzlich an, daß
hoch das Fräulein le=ben soll, denn sie ge=hört dem Mann! Mann!
1.   2.

Lebenslauf

Ich b**In** Akademikar**In**
verheiratet mit männlichem Menschen
zwei Kinder**Innen**

Nach Schulbesuch Abitur
und fünf Jahre Studium in Ostberl**In**
danach Praktikant**In** und Lehrer**In**

Aber dann! Doktorand**In**, Promovend**In**, Doktor**In**
Dissertation zum Verhalten weiblicher Substantive
Bei Hinzutritt männlicher Suffixe

Interessengebiete –
Lesen – jedoch ausschließlich Autor**Innen**
Gesang – nur alte Meist**Er** , keinesfalls einfache Lied**Er**
Kochen – aber prinzipiell ohne Pfeff**Er**

Derzeitiges Tätigkeitsfeld –
Tagesgestaltung als Rentner**In**

Quellen

Photos – Karla Fritze, Erhart Hohenstein, Dieter Wedde

Zeichnung *Das Dorf* – Silke Röttig

Titelseite – gesticktes Lesezeichen 19. Jhdt.

- Stammbuchalbum von 1851 (Privatbesitz)

- Leopold Fröhlich's Universal Reisetaschenbuch. Von Dr.
  C.R. Leopold Langner. Berlin, Verlag von Th. Grieben.
  (genaues Erscheinungsjahr unbekannt, vermutlich 1856)

- Schauenburgs Allgemeines Deutsches Kommersbuch. 76.-80.
  Auflage (Ende 19. Jhdt., genaues Erscheinungsjahr
  unbekannt)

- Neues Wunderhorn. Verlag von Fischer und Frank. Berlin
  (Anfang 20. Jhdt., genaues Erscheinungsjahr unbekannt)

- Rideamus. Lenz und Liebe. Illustrationen von Paul Haase.
  Harmonie Verlagsgesellschaft für Literatur und Kunst. Berlin.
  25. Tausend (Erscheinungsjahr unbekannt)

- Kleiner Führer durch Potsdam. Rütten und Loening Verlag
  Potsdam (Erscheinungsjahr unbekannt, nationalsozialistisches
  Vokabular deutet auf Veröffentlichung vor 1945 hin)

- Wahre Geschichten vom Spatzen „La". Für Kinder erzählt
  von Margarete Upmann-Gräfe. Hrsg. Deutscher Tierschutz-
  werbedienst E.V. (genaues Erscheinungsjahr unbekannt, vermutlich 1943)